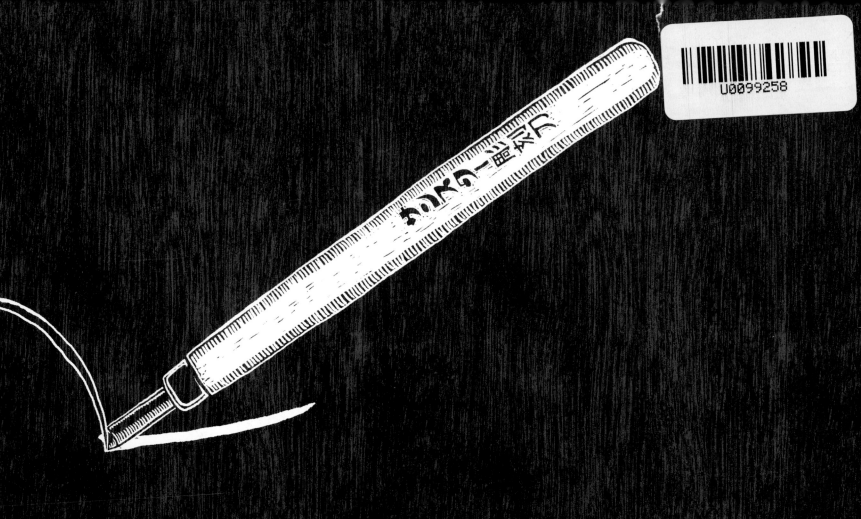

國家圖書館出版品預行編目資料

無賴變王子 / 王明心文；小料圖.－－初版一刷.－－
臺北市；三民，民91
　面；　　公分－－(兒童文學叢書.童話小天地)

ISBN 957-14-3584-8　(精裝)

859.6

ⓒ　無　賴　變　王　子

著作人　王明心
繪圖者　小　料
發行人　劉振強
著作財　三民書局股份有限公司
產權人　臺北市復興北路三八六號
發行所　三民書局股份有限公司
　　　　地址／臺北市復興北路三八六號
　　　　電話／二五〇〇六六〇〇
　　　　郵撥／〇〇〇九九九八－－五號
印刷所　三民書局股份有限公司
門市部　復北店／臺北市復興北路三八六號
　　　　重南店／臺北市重慶南路一段六十一號
初版一刷　中華民國九十一年二月
編　號　S 85598
定　價　新臺幣肆佰元整
行政院新聞局登記證局版臺業字第〇二〇〇號

網路書店位址：http://www.sanmin.com.tw

# 滿天星斗

（主編的話）

不知道你有沒有聽過這個故事？

從前從前夜晚的天空，是完全沒有星星的，只有月亮孤獨地用盡力氣在發光，可是因為月亮太孤獨、太寂寞了，所以發出來的光也就非常微弱暗淡。那時有一個人，擁有所有的星星。她不是高高在上的國王，也不是富甲天下的大富翁，她是一個名叫小絲的女孩。小絲的媽媽總是在小絲入睡前，念故事給她聽，然後，關掉房間的燈，於是小絲房間的天花板，就出現了滿是閃閃發亮的星星。小絲每晚都在星光中走入甜美的夢鄉。

有一天，小絲在學校裡聽到同學們的談話。

「我晚上都睡不著覺，因為我房間好暗，我怕黑。」一個小男孩說。

「我也是，我房間黑得像密不透氣的櫃子，為什麼月亮姐姐不給我們多一些光亮？」另一個小女孩說。

那天晚上，小絲上床後，當媽媽又把電燈關熄，房中的天花板上又滿是星光閃爍時，小絲睡不著了，她想到好多好多小朋友躺在床上，因為怕黑而睡不著覺，她心裡好難過。她從床上爬起來，走到窗前，打開窗子，對著月亮說：「月亮姐姐啊，您為什麼不多給我們一些光亮呢？」

「我已經花好大的力氣，想要把整個天空照亮，可是我只有一個人啊！整個晚上要在這兒，我覺得很寂寞，也很害怕。」月亮回答。

「啊！真對不起。」小絲很抱歉，錯怪了月亮。可是她心裡也好驚訝，像月亮姐姐那麼美，那麼大，又高高在上，也會怕黑、怕寂寞！

小絲想了一會兒，對著月亮說：「月亮姐姐，您要不要我的星星陪伴您呢？星星會不會使天空明亮一些？」

「當然會啊！而且也會使我快樂一些，我太寂寞了。」月亮高興的回答。

小絲走回房間，抬頭對著天花板上，天天陪著她走入甜美夢鄉的星星們說：「你們應該去幫忙

月亮，我雖然會很想念你們，但是每天晚上，當我看著窗外，也會看到你們在天空閃閃發亮。」小絲對著星星們，含淚依依不捨的說著：「去吧！去幫月亮把天空照亮，讓更多小朋友都看到你們。」

從此，天空有了星光。月亮也因為有了滿天的星斗相伴，而不再寂寞害怕。

每當我重複述說著這個故事時，不論是大人或小孩心中都會洋溢著溫馨，也都同樣地盪漾著會心的微笑。

童話的迷人，正是在那可以幻想也可以真實的無限空間，從閱讀中也為心靈加上了翅膀，可以海闊天空遨遊。這也是我始終對童話故事不能忘情，還找有志一同的文友們為小朋友編寫童話之因。

這一套童話的作者不僅對兒童文學學有專精，更關心下一代的教育，出版與寫作的共同理想都是為了孩子，希望能讓孩子們在愉快中學習，在自由自在中發展出內在的潛力。

想知道小黑兔到底變白了沒有？小虎鯨月牙兒可曾聽見大海的呼喚？森林小屋裡是不是真的住著大野狼阿公？在「灰姑娘」鞋店裡買得到玻璃鞋嗎？無賴小白鼠又怎麼會變成王子？細胞裡的歷險有多刺激？土撥鼠阿土找到他的春天了嗎？還有流浪貓愛咪和小女孩愛米麗之間發生了什麼事？……啊！太多精采有趣的情節了，在這八本書中，我一讀再讀，好像也與作者一起進入了他們所創造的故事世界，快樂無比。

感謝三民書局以及與我有共同理想的作家朋友們，他們把心中的美好創意呈現給大家。而最重要的是，如果沒有可愛的讀者，一再的用閱讀支持，《兒童文學叢書》不可能一套套的出版。

美國第一夫人羅拉‧布希女士，在她上任的第一天，就專程拜訪小學老師，感謝他們對孩子的奉獻。曾經當過小學老師與圖書館員的她，很感謝小學老師的啟蒙，和父母的鼓勵。她提醒社會大眾，讀書是一生的受惠。她用自己從小喜愛閱讀的經驗，來肯定童年閱讀的重要收穫。

我因此想起了一個從小培養兒童文學的社會，有如那閃爍著星光，群星照耀的黑夜，不僅呈現出月亮的光華，也照耀著人生的長河。讓我們一起祈望，不論何時何地，當我們仰望夜空，永遠有滿天星斗，而不是只有孤獨的月光。

祝福大家隨著童話的翅膀，海闊天空任遨遊。

簡宛

作者的話

每個孩子都有他自己的光芒。

有的數學好，有的語文好；有的會畫畫，有的會唱歌；有的跳得高，有的跑得快。

有的孩子看起來什麼都不好，怎麼辦？

其實，你只要換個方向，就會發現他的光芒。馬修是個很特別的孩子。從成人的眼光來看，他並不聰明。腦筋總是慢好幾拍，別人笑成一團時，他一臉茫然；簡單的事情，大家都會，他卻困難重重；三兩下就能解決的功課，他奮戰多時，毫無頭緒；成績常常是全班最後一名。

但是我最喜歡見到他。他是個快樂的孩子，有全世界最燦爛的笑容。善良溫厚，有人跌倒時，他總是第一個過去扶持安慰的人；別人需要幫忙時，他一定盡全力協助；有時別的小朋友取笑他，他不但不回擊，反而往好處想。從他的身上，我看到人性的良善和光明。他帶給周圍的人一股溫暖的力量。

聽過一個感人的小故事。有一群小木偶住在一木偶村裡，整天忙著互相貼貼紙。漂亮的、聰明的、能幹的木偶，大家就往他們身上貼耀眼的貼紙；醜陋的、愚笨的、能力不好的木偶，一身都是黯淡的貼紙。有個小木偶被貼得一點自我肯定都沒有，去找當初刻造他的藝術家，想問清楚為何如此造他？

藝術家憐惜的撫摸著這個小木偶，告訴他，每一個木偶有不同的目的，每一個木偶都有他獨特的價值。沒有一個木偶比別人好或比別人差。他小心的剝下小木偶身上的每一張貼紙，要小木偶永遠記得，在他心目中，小木偶是美麗、良善、有用的，無人可以代替，也沒有一張貼紙能夠降低他的價值。

　　我們是不是只忙著貼標籤，沒看到孩子的光芒？或是不小心把光芒貼住了？生命的意義是不是就在考高分、讀名校、具競爭力、有個錦繡前途？或是其他更重要的事？

　　寫這本書是提醒自己，每一個孩子都是一顆小太陽，不要讓世俗的眼光遮蓋他們原有的光芒了。

兒童文學叢書

・童話小天地・

無賴變王子

王明心・文

小　料・圖

三民書局

「來來來，各位親愛的鄉親父老們：

「今天小弟來到貴寶地，這裡環境優美、風光明媚，大家相依相偎、出雙入對，真是好福氣。若是身體健康、事事順利，那更是福上加福。

「小弟今天特地為各位帶來『福壽加保生丸』。這是根據最新醫學研究製成的超強維他命，保證讓大家：有病吃了沒病，沒病吃了強身；夫妻吵架馬上和好，朋友分手立刻回頭；事業賺大錢，考試拿高分。

「這種好東西，小弟私藏會折壽，拿出來和大家分享。今天算是和大家有緣，便宜賣，一瓶只要二十元。來啊來啊，試試看就知道有效，呷好倒相報啊……」

叫賣了老半天，一瓶也沒賣出去，討生活不容易呀。想想從前的生活，茶來伸手，飯來張口，得來全不費工夫，哪像現在這麼辛苦，到處流浪，說得口水直噴，還換不到一頓飯！

哦，對不起，吐了一肚子苦水，忘了自我介紹。

我叫小白。許多動物批評我只會白吃白喝，壞了動物的聲譽。我是不得已的呀！我既不能像牛耕田、馬拉車，也不能像雞報曉、狗看家。身上這一小塊皮也無法做皮衣皮靴，更沒有雞毛可當撣子、鴨絨可塞雪衣。

身子小力氣少，上帝造我如此，我也很無奈。大家就這麼小氣，說我是「白吃族」，養貓來抓，還發明滅鼠器、毒鼠藥，非置我於死地不可，真是太沒有良心了。

平常不但生命有危險，精神也受折磨。笑別人長得不體面，就說是「獐頭鼠目」；形容狼狽逃走的樣子，說是「抱頭鼠竄」；討厭的人叫「過街老鼠」；眼光短淺是「鼠目寸光」；甚至罵人吃裡扒外，都說是「飼老鼠咬布袋」。

老實說，總是被別人取笑「白吃族」，實在不是滋味，我決定要自食其力，開創老鼠的新紀元。可是能做些什麼呢？我去問了深思熟慮的牛伯伯。

「嗯，這個嘛，」牛伯伯想了一會兒，慢吞吞的說：「你力氣小，不能拉車，不能種田……」

天啊，這些我知道，能不能說快一點？

「……所以你不能從事勞力的工作，要找勞心的。不過你腦袋瓜子這麼小……」

好了，聽了老半天，終於有了頭緒，我要作勞心的工作。剛好大蕃薯要找人設計她的狗屋，我決定一試。

9

大蕃薯是隔壁家的狗，長得黃黃土土的，走到哪都像一粒大蕃薯。她本來有一間狗屋，因為快要生小孩了，主人決定重蓋一間，讓她和小孩能住在一起。

一聽到大蕃薯要徵求設計圖，我馬上連夜畫了一張。這間狗屋奇妙的地方是裡面有兩個相通的房間，平時中間的活動木條可以推開成一大間；媽媽需要自己靜一靜時，木條一拉，就有了獨立的空間，很有創意吧！

我把設計圖送去給大蕃薯看，沒想到她看不到一分鐘就大叫：「哪有這種設計？這——這一大一小是怎麼回事？」

大蕃薯皺眉的樣子，更像一粒蕃薯了。

「等妳當了媽媽就知道，家裡能有個獨處的空間是多麼的寶貴。而且要讓孩子學習獨立，不要一天到晚膩著媽媽，這對他們的成長不好。」

「我不是說房間，我是說門。為什麼一個大，一個小？」

哦，這就是另一個奇妙之處了。我為大蕃薯開了一個大門，為小朋友開了一個小門。

　　這可是有心理學研究根據的。體積小的動物，大都有空間恐懼症。如果小狗每次出入狗屋都要經過那一道給他們壓迫感的大門，小小心靈會受到傷害。所以，大狗走大門，小狗走小門。

　　「哪有這種事？」大蕃薯不同意，「人類那麼聰明，怎麼沒看過他們開小門給小孩子走？你這個設計有問題。」

　　有什麼問題？不懂心理學就算了，還要搬出人類來壓我，豈有此理。

　　靠腦筋不行，靠外型總可以吧！我去問烏大師需不需要模特兒。

　　烏大師是一隻喜歡塗鴉的黑烏鴉，平常翅膀下總夾著紙和筆，隨時將身邊的景色畫下。他覺得自己很有繪畫天分，一定能成為一代藝術大師，所以要大家叫他烏大師。老實說，我看不出他的潛力，因為他總是把東西畫得烏漆麻黑一團，沒什麼美感。

　　不過現在只要有工作就好，小白變成小黑也無所謂。

　　烏大師沒畫過肖像，對這個新嘗試非常
有興趣，高興的約定了時間，還叮嚀我
到時候要穿亮麗一點的衣服。我心裡雖然
暗笑，亮麗有什麼用？被你一畫還不是全黑？
不過到了約定的日子，仍是很敬業的穿了
我在晚會上充當小丑的五彩衣。

　　當了模特兒後，才知道這行飯也不容易吃，
我得時時冒著生命危險。

貓小姐妮妮一知道模特兒是我，連忙趕來表示「關切」。我看到她就忍不住全身發抖，嚇得轉身要跑。烏大師把妮妮噓走，過一下子，她又嬉皮笑臉的回來探頭探腦。我的頭得不時轉來轉去，留意妮妮的動態。最後烏大師火大了，說這樣下去，他一張圖要畫到西元幾世紀？當場把我開除。

雖然被烏大師開除，但當他要我為他尋找新的模特兒時，我還是很有道義的為他找了公雞屁王。

這隻公雞之所以叫屁王，是因為他太愛吹牛，一天到晚挺著胸、翹著屁股，說他是全世界最英俊的美男子，還說村子裡所有的母雞都拜倒在他的華服之下。大家覺得他吹牛像放屁一樣不費吹灰之力，就叫他屁王。

　　屁王一聽到有人要找他當模特兒，馬上欣然答應，而且還聘請我當他的經紀人。我原以為當經紀人比當模特兒容易，其實當屁王的經紀人可累了。

　　要畫之前，被他叫來叫去，一下子要幫他把羽毛擦亮梳順，一下子要幫他洗腳以配合光鮮的上身，一下子要扶正雞冠，還要不時注意他胸膛挺得夠不夠威武，屁股翹得夠不夠高，臉色好不好，需不需要擦磚粉。

好不容易定裝完畢，可以畫了，還沒畫幾下，屁王又有意見：「等一等，我不放心，讓我看看你畫得怎麼樣。」

他看了當然不滿意，指導一番後，再回去定位點，整裝工作又要重新來過。

無論烏大師如何修改，屁王都覺得烏大師刻意抹黑他，氣得大罵：「人家說天下烏鴉一般黑，我看是烏鴉畫的動物一般黑。」

這一次是屁王開除了烏大師。

　　這個屁王不但覺得
自己長得「水」，
還覺得自己歌聲美，
一早起來就吊嗓子，
把大家都吵醒。他會
唱的歌還真不少，
世界名曲、地方小調、
平劇、西洋歌劇、
歌仔戲，都能唱上一段，
自稱是世界級的歌王。

　　只是唱得再好，
只有自己陶醉，總是
美中不足，屁王決定要
成立一個合唱團。
上次他請我當模特兒
經紀人，覺得我工作
能力不錯，現在要組
合唱團，便要我擔任
他的特別助理。

合唱團得有團員才行。我先去問了牛伯伯，
牛伯伯說他音域不廣，吼孩子可以，唱歌不行。
屁王說他聲音低沉，唱第四部正好。

豬阿姨最近正為身材煩惱，聽到合唱團在招生，心想參加一些社區活動，身子動一動，說不定能達到瘦身減肥的效果，屁王便分派她唱第三部。

　　大蕃薯興趣很高，跑來報名，說她的聲音嘹亮，當主唱人沒問題，屁王不准：「嘹亮？妳有我的嘹亮？妳只會亂吼亂叫，讓妳唱主調，沒人聽得懂我們唱的是什麼。主唱人是我！」

　　大蕃薯覺得屁王嚴重傷害了她的自尊心，難過得轉身跑到籬笆邊嗚嗚直哭。

這下子沒有任何動物敢來應徵了，大家都
不確定自己的聲音夠不夠屁王的標準。後來
經我多方遊說，終於鴨婆婆答應來唱第二部。
屁王當然不滿意鴨婆婆的嗓音，可是已經
找不到別的動物了，只好將就將就。

27

雖然成員很少，
總算四部到齊，
開始練唱。
屁王要大家唱
「農村曲」，
而且別出心裁
要用搖滾樂來唱。
他還要我留意
開演唱會的場地，
大家聽了都很興奮。
可是開始練唱
之後，卻問題重重。
屁王一點也不滿意
他的團員。

28

　　牛伯伯怎麼唱都總是慢一拍，屁王
急得跳腳，罵他為什麼不看指揮。
　　牛伯伯一臉無辜的說：「有啊，我看啦，
就是不知道為什麼嘴巴跟不上。」

豬阿姨老是忘詞，而且常常不知道大家唱到哪裡了，屁王氣得用指揮棒敲自己的頭，大叫：「怎麼會有這種豬腦袋！」

好脾氣的豬阿姨總是笑嘻嘻的說：「不，不，你的頭不是豬腦袋，我的才是。唉呀，真是對不起，大概孩子生多了，記性都不行了。」

31

鴨婆婆最可憐，她的拍子又對又不忘詞，還是被罵得一塌糊塗，屁王嫌她中氣不足，要她唱歌時抬頭挺胸；要用丹田唱，不要用喉嚨唱；聲音要優美，不要嘎嘎叫。

鴨婆婆聽了很委屈：「我老了，身體不好，怎麼站得直？說我嘎嘎叫，聲音天生就是那樣，我有什麼辦法？當初並沒有想要參加什麼合唱團，是看這個小伙子這麼熱心，才勉強答應的。早知道就不來了。」

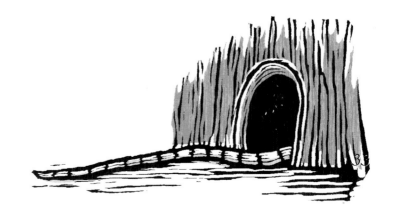

練唱的情形真是熱鬧極了。牛伯伯怕掉拍子，這裡吼一聲，那裡吼一聲；豬阿姨每次一忘詞，就不好意思的咯咯直笑；鴨婆婆抱著肚子，用假音唱歌，那聲音比她本來的嘎嘎聲還難聽；屁王兩手飛舞，兩腳亂跳，嘴裡一直不停的尖聲大罵。

如此練唱幾次之後，大家都受不了，集體退出。屁王慌了，要我去說情，大家還是不回來。

合唱團解散，我又失業了。

之後，我又陸續試了幾個工作：當導遊，遊客說我個子太小，害他們觀光時，跟錯導遊去錯地；當理髮師，剪刀比我還重，拿都拿不穩，一不小心，顧客的頭髮還沒剪到，就先削到自己；幫別人看小孩，孩子一皮起來無法無天，我喊得喉嚨都啞了；上一次唱紅「我們都是姐妹」的羊妹妹開演唱會時，我去當收票員，時間一到，大門一開，歌迷一衝進來，我差點被活活踩死。

現在我賣「福壽加保生丸」。

本來以為這個時代，大家都注重身體的保養，維他命的銷路一定好，沒想到大家說我作的是無本生意，是奸商，不來購買。

怎麼會無本呢？我用人類丟棄的剩菜剩飯來製作維他命，雖然材料不要錢，可是收集剩菜剩飯、攪混、揉成一粒一粒的丸子，這些都需要時間和勞力啊！

又說我的廣告誇張，這是什麼話？這些剩菜剩飯是人類不珍惜食物，隨意浪費掉的，並不是這些食物不好。你看我資源回收，把這些食物混在一起，裡面有魚、肉、蛋、菜、飯、麵、水果，營養豐富又均衡，吃了當然健康。有了健康的身體可以打拼，事業學業有進展，心情就愉快，爭吵不和也就容易解決。我的廣告哪裡誇張？

咳，算了算了，辛苦半天，一粒也沒賣出去，現在回到自己的小窩，肚子餓得咕嚕咕嚕叫，只好吃自己賣的「福壽加保生丸」。

只是越吃心情越糟。以前白吃白喝，人家說我是無賴。好不容易下定決心，要靠自己的能力過日子，卻什麼事也做不成。可是又不甘心再回頭當無賴，繼續讓大家取笑。我的「鼠生」還有什麼希望呢？

只剩最後一條路了。附近醫學院正在研究開發抗癌藥品，需要白老鼠作實驗品。聽說他們在注射白老鼠之前，會給老鼠們一頓豐盛的晚餐。好吧，歹活不如好死，至少有一頓好吃的，還能幫助其他的生命，也算對社會有一些貢獻。

「砰！」我全身震了起來。
這是什麼聲音？槍聲？爆炸？
地震？我趕快衝出小窩，
看到屋主蔡先生倒在地上，
臉部扭曲，兩手緊擰著左胸。
我正納悶，不知道怎麼回事，
忽然眼前一黑，貓小姐妮妮
擋在我面前。

「妳，妳，妳要幹什麼？」
難道不管去不去醫學院，
今天都是我的死日？

「小白鼠，拜託拜託，求你去書架後面，把蔡先生的藥罐子推出來，好不好？」妮妮急得滿身大汗。

「我今天爬上鳥籠去戲弄小翠翠，跳下來時，不小心把擺在書架上的藥罐子踢到書架後面了。」

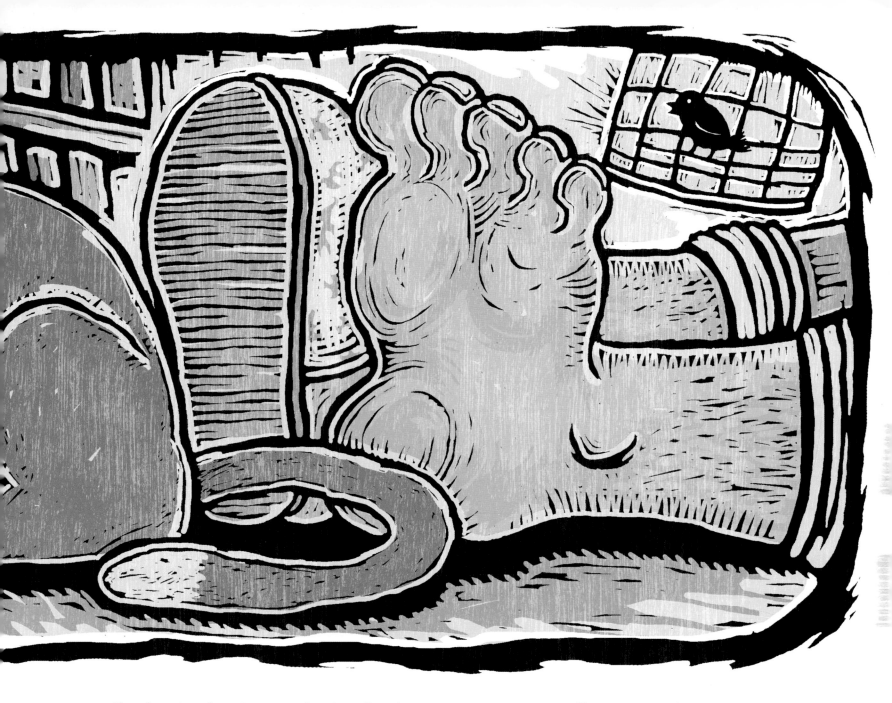

蔡先生突然心臟病發作，又吃不到藥……」
妮妮已經一把鼻涕一把淚，「小白鼠，你的
身子小，只有你鑽得進那個空隙。求求你，
救救蔡先生一命，如果蔡先生有個三長兩短，
我這輩子永遠不能原諒自己，嗚……」

這麼危急的事，當然要快。
我連忙飛奔到書架後面，
手鼻併用，火速把藥罐子推出，
再和妮妮合力打開蓋子，
她撐開蔡先生的嘴，
我把藥丸子丟進去。

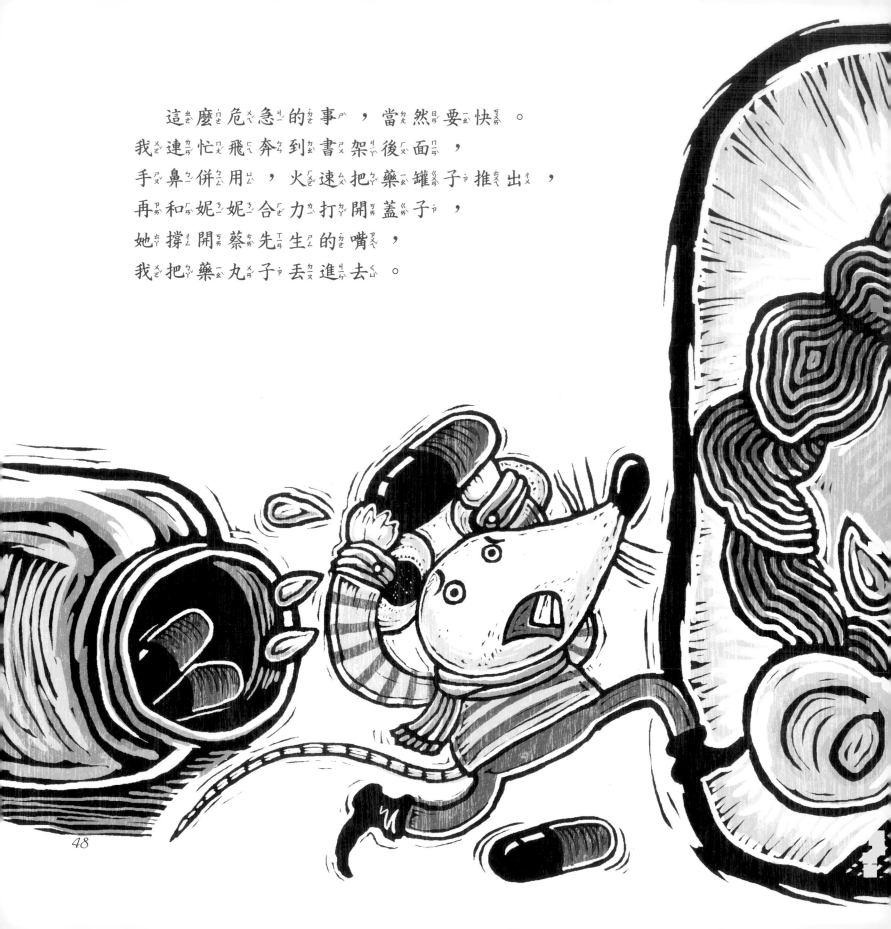

48

不知過了多久，蔡先生終於吐出一口氣，慢慢撐坐起來。看到這個情景，一直守在一旁的妮妮和我，不禁高興的跳起來歡呼。妮妮伸出她的右手掌，「啪！」我的右手掌馬上很有默契的擊上。

51

現在蔡先生每天為我準備食物，讓我不愁吃喝；妮妮請求我原諒她以前對我的不好；大家也一再對我表示感謝，因為主人若是死了，他們不知道會淪落到什麼地步。

為了表揚我英勇的行為，他們召開大會，封我為「白鼠王子」。

讓我告訴你一個祕密：
其實當不當王子，
一點也不重要。
我最高興的是，即使身子小、
聲音弱、力氣少、腦筋不好，
只要能做有用的事，
我就有價值。
你說是嗎？

寫 書的人

王明心

　　靜宜文理學院外文系英國文學組畢業，美國俄亥俄州立大學兒童教育碩士。曾任北卡書友會會長，現於美國任小學教師。著有《尋夢的苦兒──狄更斯的黑暗與光明》、《小小知更鳥──艾爾寇特與小婦人》、《哈雷彗星來了──馬克·吐溫傳奇》，並與石麗東合著《愛跳舞的女文豪──珍·奧斯汀的魅力》。曾獲阿勃勒獎、行政院新聞局第五屆人文類小太陽獎及文建會「好書大家讀」活動推薦獎。

　　在學校，喜歡和孩子玩「我是超級大天才遊戲」，鼓勵孩子表達自己的想法，沒有標準答案，每個人所想的都寶貴。回到家，喜歡和自己的孩子玩「接故事遊戲」，你一句，我一句，把故事編得天花亂墜，不可收拾。常常覺得很感恩，能整天活在童稚良善的世界裡。

畫 畫的人

小　料

　　本名廖健宏，1971年生。目前從事於兒童插畫的創作工作，喜歡運用絢爛的色彩拼湊出童年的天空，經由手中彩筆的揮灑去感受色彩的絢麗、童稚的歡笑。

　　作品曾獲全省美展水彩入選、臺灣省環保處環保海報比賽第三名、「環保署暨國語日報」童玩 DIY 社會組第一名、第七屆、第八屆陳國政兒童文學獎圖畫書類佳作。繪有《銀毛與斑斑》、《稻草人》。

兒童文學叢書

童話小天地

榮獲新聞局第五屆圖畫故事類「小太陽獎」暨
第十八次中小學生優良課外讀物推介
文建會2000年「好書大家讀」活動推薦

丁汀郎　奇奇的磁鐵鞋　九重葛笑了

智慧市的糊塗市民　屋頂上的祕密　石頭不見了

奇妙的紫貝殼　銀毛與斑斑　小黑兔　大野狼阿公

大海的呼喚　土撥鼠的春天　「灰姑娘」鞋店

無賴變王子　愛咪與愛米麗　細胞歷險記

童話的迷人，

正是在那可以幻想也可以真實的無限空間，

從閱讀中也為心靈加上了翅膀，可以海闊天空遨遊。

這一套童話的作者不僅對兒童文學學有專精，

更關心下一代的教育，

出版與寫作的共同理想都是為了孩子，

希望能讓孩子們在愉快中學習，

在自由自在中發展出內在的潛力。

——有光（名作家暨「兒童文學叢書」主編）